SENSATIONS

POÉTIQUES,

PAR

Arsène Fermé.

PARIS.

A. JEANTHON, LIBRAIRE,
RUE HAUTEFEUILLE, 3.

—

1841.

SENSATIONS

POÉTIQUES,

PAR

Arsène Fermé.

SAINT-DENIS. — IMPRIMERIE DE PREVOT.

A

Monsieur de Lamartine.

O vous, dont les beaux vers au Parnasse vantés
Parcourent la province et sont lus des cités,
Poète, philosophe, amant de la nature,
Vos œuvres vont au cœur ! votre plume est si pure !

Et, dans tous vos écrits, les portraits radieux
Ont pénétré mon âme et brillent à mes yeux !
Puis-je oser, sans flétrir une muse si belle,
Louer de ses rayons une seule étincelle ;
Et nouveau téméraire offrir à son autel,
Avec peu de talens, un encens immortel.
Non, je tremble... et mes vers, en leur simple langage,
Diront au grand poète, en lui rendant hommage :
Les sons de votre lyre et leurs accords touchants *
De ma muse naissante ont provoqué les chants ;
Et si ma faible voix du Parnasse inconnue,
Plus tard, pour vous louer, se perdait dans la nue,
O poète enchanteur, dans un si grand danger,
Tout en guidant mon vol, daignez m'encourager.

---

* Je n'ai senti ces fortes et douces émotions qu'à la lecture de
ces beaux morceaux des poésies de M. de Lamartine ; et le lec-
teur que je laisse juge de mes vers libres, verra bien qu'ils
n'ont été composés que par suite des sensations puisées dans
les œuvres de ce grand poète.

Le Songe,

OU

LA RELIGION.

Près des bords verdoyans que sillonne le Loir,
S'élève sur un roc un antique manoir ;
D'un reste de grandeur, c'est l'image vivante ;
Il offre quoiqu'informe une masse imposante,
Et ses tours à créneaux, annales du vieux temps,
Rappellent des seigneurs les règnes tous puissans.
Des aïeux d'un grand roi dont la France s'honore [*],
Ce château prit le nom et le conserve encore ;
La ville est à ses pieds, assise sur les eaux,
Sa base est divisée en de nombreux canaux ;

[*] Antoine de Bourbon, duc de Vendôme, père de Henri IV, et
Jeanne d'Albret, sa mère, y firent leur résidence.

Vendôme, c'est leur nom, agréable retraite,
Où l'homme avec Dieu seul, comme un anachorète,
Peut vivre et converser même en ville exposé,
Tant le silence est grand, tant le peuple est aisé.
Car de l'impiété, le souffle si nuisible
N'infecte point encor cette ville paisible,
Et l'actif habitant au travail adonné,
Vit au sein du repos, du bien qu'il s'est donné.
Heureux séjour pour moi, berceau de mon enfance !
Quoiqu'éloigné de toi, mon cœur vers toi s'élance !
Et mes rêves de nuit parfois si radieux
Reportent de l'esprit ton portrait à mes yeux.
Oh ! combien il est beau le pays que l'on aime !
Et que l'âme se plait à tracer à soi-même
Ces sentiers ombragés, ces vallons attrayans,
Où l'homme, pour penser, porte ses pas errans.
Avec quel doux plaisir mon cœur se les rappèle,
Lorsqu'en mes jeunes ans, par un prêtre fidèle
Conduit dans ces bosquets, sur ces gazons fleuris,
Des merveilles d'un Dieu je contemplais les fruits.
Oh ! quoique jeune alors, mon âme était ravie !
Par ses sages leçons au chemin de la vie,
Je me voyais guidé d'un pied ferme, assuré ;
Mais dans la lice, hélas ! n'étant jamais entré,
Du monde j'ignorais les trompeuses amorces,
Et, comme un jeune enfant, sans consulter mes forces,

Je marchais hardiment, sans guide, sans appui.
Heureux, trois fois heureux, la nuit où, près de lui,
Son ombre dans mon lit en songe est apparue ;
« Je ne suis point, dit-il, redoutable à ta vue,
« A... vois en moi le guide de tes pas,
« Ce prêtre qui, de monde, après mille combats *,
« Sortit victorieux, et jusque dans la tombe,
« Veille encor sur les jours de l'enfant qui succombe !
« Tu grandis sous mes yeux, je suivis avec soin
« Tes mouvemens du cœur, quand de moi tu fus loin...
« Et dans l'anxiété d'une langue étrangère,
« J'unissais ma prière à celle de ta mère,
« Ton âme quelquefois sensible à mes leçons,
« S'abandonnait à moi, libre de passions,
« Et dans un âge mûr puisait à ma tendresse,
« Du livre du salut la profonde sagesse.
« Aurais-tu donc sitôt, aveugle dans tes pas,
« Suivi d'un faux éclat, les dangereux appas ?
« Et le monde à tes yeux voilant tous ses caprices,
« Leur aurait-il caché jusqu'aux traces des vices ?
« O mon fils ! vers l'erreur, en naissant, attiré,
« L'homme seul du péril ne se fut point tiré,

* L'auteur veut ici parler d'un prêtre vénérable, M. Thoi-
nier, mort à Vendôme, il y a quelques années, et qui trouva au
sein du clergé même plus que des antagonistes, des ennemis
(c'était alors au temps des missions).

« Si la religion, lumière toujours pure,

  « N'eût relui tout-à-coup à sa faible nature ;

  « C'est elle son salut, d'elle vient son secours,

  « Quand le poids du malheur appesantit ses jours.

  « Sans elle alors qu'est-il pour l'âme passagère ?

  « Une patrie. Oh ! non, une terre étrangère,

  « Un aride désert où la manne des cieux

  « Ne tombera jamais pour dessiler ses yeux !

  « Sans elle l'homme est nul, il ne vit que d'allarmes,

  « La terre pour lui seul est vide de tous charmes ;

  « La verdure des prés, le doux chant des oiseaux,

  « Et jusqu'au faible bruit de ces limpides eaux

  « Qui, parcourant des bois le plus épais ombrage,

  « Apportent la fraîcheur et la vie au feuillage.

  « Tout est muet pour lui, l'eau, la terre et vous cieux,

  « Globes, et toi planète errante sous ses yeux !

  « L'impie à t'admirer n'a point une âme faite,

  « La glace de son cœur à ton rayon céleste

  « Ne se fondra jamais, ô contraste effrayant,

  « L'univers selon lui, s'est formé du néant ; .

  « Et tout ce qui respire en la terre et sur l'onde

  « Finit avec l'insecte ou l'animal immonde.

  « Mon fils, au souffle impur de ces hommes pervers,

  « Ne prête point l'oreille ; et qu'au Dieu que tu sers,

  « Ton âme vers la nuit sur un léger nuage

  « S'élève, et sur son trône admire son visage,

« Regarde ce Dieu bon, contemple ses bienfaits ;

« Et de retour au monde, elle adore à jamais

« Celui qui, de son souffle et sa toute puissance,

« Donna vie au néant, fit à sa ressemblance,

« Cet esprit immortel et cet homme inconstant,

« Limon, vase de terre et fragile à l'instant ;

« Celui dont le regard est plus grand que le monde,

« Et dont l'œil pénétrant les abîmes de l'onde,

« A qui rien n'est célé, qui soumet à ses lois,

« L'indigence du pauvre et la pompe des rois ;

« Enfin celui, mon fils, de qui la créature

« En naissant reçut tout, rejette la souillure,

« Et le temple sacré de sa divinité

« Ne pourrait habiter avec l'impureté. »

Il dit, et dans mon cœur répandant l'allégresse,

Son âme vers le ciel s'élance avec ivresse ;

Jugez de ma terreur… et jugez de ma foi,

Quand cet esprit si cher s'est éloigné de moi ! !

O vous dont les longs jours sont remplis de ces songes,

Bénissez Dieu, ce sont des sublimes mensonges,

Car votre âme a déjà puisé dans ce sommeil

Les bienfaits qu'elle goûte à son prochain réveil.

La Croix du Hameau.

Allégorie.

Près d'une antique église, et non loin d'un tombeau,
Au pied d'une colline, à l'ombre d'un ormeau,
Se trouve une humble croix, d'un siècle respectée,
Et que l'impiété n'a point encore ôtée,
    C'est la croix du hameau.

Son socle est enrichi d'un tapis de verdure
Par l'homme non semé, mais la seule nature
D'une invisible main en a fait tous les frais ;
C'est ainsi qu'aux humains bien souvent ses attraits
    Se montrent avec usure.

De peintures et d'or elle n'est point parée,
L'emblème de la croix, l'image révérée
Ne souffre point du monde un frivole ornement ;
Pour le plus grand des rois l'humble couronnement
    Fut une épine sacrée.

D'un prêtre qu'on dit saint son pied touche la tombe
Comme dernier refuge à l'homme qui succombe,
Elle est là, sentinelle aux portes de la mort !
Ainsi pendant l'orage un pilote du port
    Attend la victime qui tombe.

Elle est là, recevant du pâtre la prière,
Du pâtre malheureux qui demande à la terre
Pour ses jeunes brebis une riche moisson,
Afin qu'avec le prix de l'épaisse toison,
    Il soulage sa misère.

    Elle est là, de l'orphelin
    Ecoutant la plainte amère,
    A son cœur qui désespère
    Elle donne un doux parfum.

    Elle est là, favorable,
    Au jeune fiancé
    Qui, pour l'âge avancé,
    Demande un cœur aimable.

    Enfin, elle est là, sur la terre,
    Pour l'homme un phare de salut,
    Comme au vaisseau qui tend au but
    Est la plage salutaire.

L'enfant au Berceau,

L'AMOUR MATERNEL.

—⁂—

De la vie à peine animé,
L'enfant réclame de sa mère,
Comme la plante de la terre,
Le doux breuvage accoutumé.

Regardez-le dans son berceau,
Balancé d'une main chérie,
Comme l'oiseau de la prairie,
Qu'un doux vent berce sur l'ormeau.

O jeune et faible enfant sommeille,
Donne à ta mère le repos,
Afin que de son sein dispos
Coule un doux lait de la mamelle.

Vers toi se porte sa tendresse,
Qu'elle veille ou dorme avec toi,
Son cœur ne connaît qu'une loi,
L'amour d'un cœur rempli d'ivresse.

Que du nord le noir aquilon
En se déchaînant sur nos têtes,
Sur l'onde excite les tempêtes,
Sur terre glace l'horizon.

Pour toi, jeune et tendre arbrisseau,
Sous l'égide maternelle,
Tu grandiras sous son aile,
Comme l'arbuste sous l'ormeau.

L'amitié Fraternelle.

-oᴼᴼo-

Tableau.

Du sein d'une mère, l'un et l'autre tirés,
Nourris du même lait, d'un même amour bercés,
Le sang contre le sang en butte à la nature,
Peut-il dégénérer en mortelle blessure ?

Et deux frères unis des mêmes sentimens,
Sous un seul toit liés par les mêmes sermens,
N'ont–ils jamais connu de l'amitié sincère,
Ces doux plaisirs du cœur, cette tendresse extrême?
Oh, si! considérez... ces frères réunis,
Et ces sœurs qu'embellit cet innocent souris,
Epris des mêmes goûts, ressentant mêmes peines,
Se protégeant l'un l'autre, ignorant toutes haines;
Sous le toit paternel, ce tableau ravissant,
Sans contredit du monde est le plus imposant!
Il ne se peut trouver que dans cette famille
Où la religion a choisi son asyle,
Et dont le seuil si saint, et toujours respecté
Même par l'homme impur, ne fut point insulté.
Grandissez sous les yeux d'un monde corruptible
Chers enfans, entre vous règne ce beau mobile,
L'amitié, ce lien si robuste et si fort,
Enfant de la vertu, héroïne à la mort.

Mort de Charlotte Corday.

Qu'entends-je, Dieu puissant ! contre qui tous ces cris ?
Ces flóts et ce torrent d'une foule empressée,
Qui se heurte en grondant sur soi-même pressée,
Et de ses hurlemens vient glacer mes esprits !

C'est encore de sang une foule altérée,
Qui, le cœur plein de rage au spectacle sanglant,
Vole, comme un vautour qui, sur l'oiseau fondant,
S'attache avec carnage à sa faible curée.

Par ton bras héroïque un monstre est terrassé,
Charlotte, dans ton sein battait une âme forte,
Mais au sang du sicaire utilement versé,
Il faut offrir encor le tien comme holocauste.

L'arrêt est prononcé, jeune fille, frissonne,
On dresse l'échafaud qui va trancher tes jours !
Mais la patrie en deuil te tresse une couronne
Que l'immortalité conservera toujours.

Celle qui, d'un poignard, dans le sein de Marat,
N'a pas craint de trancher la criminelle vie,
Peut, d'un regard tranquille, achever le combat.
Que son triomphe est grand ! qu'il est digne d'envie !

Blanche comme le lys, debout sur la charrette,
Le voyez-vous, cet ange de beauté,
Son regard est au ciel et sa bouche entr'ouverte
Semble parler à la divinité.

. . . .
. . . .
. . . .
. . . .

L'instant fatal est arrivé,
Un nuage a passé sur ma tête,
Puisse-t-il apaiser la tempête !
Car l'ange au ciel est enlevé.

2

Le Papillon.

—o🏵o—

Idylle.

Joli petit papillon,
Image de l'inconstance,
De la fleur qui te balance
Tu flétris le vermillon.

De mon bouquet de jasmin,
Ménage l'odeur suave !
Et que ton léger passage
N'en altère le parfum.

Je sais que tes riches couleurs,
Sur la fleur épanouie,
Offrent à la vue amie
Des contrastes enchanteurs ;

Mais dans ton vol inconstant,
A mon cœur tu n'as su plaire,
J'aime l'amitié sincère,
Même en l'insecte rampant.

La prière.

Prêtre des saints autels, ministre de Dieu-même,
Aux hommes annoncez sa parole suprême;
Un Dieu proclame vous, fils privilégié,
D'un pouvoir immuable il vous a confié
Les trésors des élus, cette vie immortelle :
A votre faible voix sa bonté paternelle
Daigne, à flots abondans, sur les pauvres humains,
Répandre les bienfaits qu'il porte dans ses mains.
Pouvoir de la prière ! ô forces de la terre !
Que sont vos traits puissans en ces temps de misère,

Où les pauvres mortels l'un de l'autre affamés,
De membres palpitans et presqu'inanimés,
Se disputant les chairs par la faim dévorante,
Ivres d'un sang impur et d'une soif ardente,
Meurent, et sans trouver dans ce hideux festin,
Une mort non moins prompte, un jour, un lendemain;
Au lieu d'humilier leur front dans la poussière,
D'adresser au Très-Haut une ardente prière,
Ils meurent sans remords, comme sans désepsoir.
Leur fléau c'est la vie, et la mort leur espoir.
Faiblesse du monde ! sans secours et sans aide,
De tant de maux enfin, voyez-vous le remède?
Non ! le Dieu tout-puissant qui voit tout ici-bas,
Si vous ne l'invoquez, ne vous regarde pas.
Au pied du trône saint, séjour de la victoire,
L'hypocrite dévot ne chante point sa gloire,
Ni même ces heureux prédestinés mortels
Qui d'un indigne encens ont souillé ses autels.

Le Nid d'Oiseau.

Idylle.

Que j'aime à voir un nid d'oiseau
Porté sur la branche flexible,
Bercé par l'aquilon mobile,
Sous la feuille à l'abri de l'eau.

Que de Phébus les feux ardens,
Dans leur chute enflamment la terre,
Et que la nature entière
Gémisse à leurs embrasemens.

Pour toi, joli petit berceau,
Une feuille te donne l'ombre,
Et, dans chaque rayon qui tombe,
Dieu te protège d'un rameau.

O providence enchanteresse,
A l'homme né sensible et bon,
Vous accordez le plus beau don ,
Celui d'un cœur rempli d'ivresse.

Moi, quand je vois les petits oiseaux
Sur un léger duvet de plumes entassées,
Appeler par leurs cris leurs mères empressées,
Je dis : Dieu veille sur leurs berceaux.

D'un Dieu la bonté paternelle,
Veille sur vous, faibles enfans,
Jusqu'au temps, où devenus grands,
Vous vous élevez de votre aile.

Dans vos chants mélodieux,
Chantez-le donc, chantez sa gloire !
Il est votre Dieu, votre père,
L'âme de vos chœurs joyeux.

L'orphelin.

※

Elégie.

Prosterné contre la terre,
Un jeune et pauvre enfant,
A la tombe de sa mère,
Adressait ce doux chant :
Mère chérie,
Ma tendre amie,
De mon enfance, hélas! ô le plus doux lien!

Sort inexorable,
O mort implacable,
Vous m'enlevez ma vie et ravissez mon bien.

A l'ombre d'un vallon voisin,
Vivait un pauvre pâtre en son humble ermitage,
C'est lui qui reçut l'orphelin,
L'adoptant, lui donna son amitié pour gage.

Aussi le cœur reconnaissant,
Du fils qu'il reçut par tendresse,
Délectait par une caresse
Les jours du vieillard bienfaisant.

Dans l'ombre de la vallée,
Sans bruit comme sans chagrin,
Ils vivaient sous la feuillée ;
Dieu protège l'orphelin.

Mais les jours sans nuage
Sont rares et souvent trop courts,
Du monde ils sont l'image ;
Le bonheur dure-t-il toujours !...

L'orphelin de la vallée,
Ramenant un soir son troupeau,

Vit, sur le haut du coteau,
Une humble croix élevée ;
C'était celle du mausolée,
Du pâtre de la vallée,
Qu'un hostile berger avait mis au tombeau.

Pleure, pleure, pauvre orphelin,
Ton ami, ton protecteur, ton père,
Il n'est plus pour toi qu'un Dieu sur terre,
Pleure, pleure, pauvre orphelin,
Ton âge le demande, et ton cœur a besoin !…

Le Tourtereau et l'Enfant.

—◦◈◦—

Élégie.

Dans un riant ermitage,
A l'ombre d'un ormeau,
Un jeune tourtereau
Se tenait sous le feuillage.

A son tendre gémissement,
Les échos de la colline
Redisaient à la chaumine
Les douces plaintes de son chant.

Déjà le pauvre tourtereau,
Au bruit de la feuille agitée ,
A retenu sa voix troublée
Par le cri d'un hostile oiseau ;

C'était le vorace épervier,
Vautour du paisible bocage ,
Ivre de sang et de carnage,
Il fond sur lui d'un vol léger.

Pauvre oiseau ! sensible orphelin !
Destinée à tous deux cruelle ,
L'oiseau sous la griffe mortelle
Succombe ! et l'enfant de chagrin !

La piété Filiale.

Mademoiselle de Sombreuil.

(1792).

—◦⊛◦—

Tous, à son noble aspect,
Furent comme saisis du plus profond respect :
La douceur de ses traits, et jusqu'à sa vieillesse,
Tout en lui respirait cette douce noblesse
Qui sait tout à la fois, plaire dans sa fierté,
S'abaisser sans ramper, ou par aménité

S'attirer tous les cœurs, et, comme un pur hommage,
Entendre avec bonté le plus simple langage.
De Sombreuil est son nom... ses bourreaux ont pâli
Au grand nom de Sombreuil, leur cœur s'est amoli !
Et le tigre Maillard, à l'œil sombre et farouche,
Semble éloigner l'arrêt qui sortit de sa bouche.
Etait-ce que son cœur s'était déjà lassé
De boire si souvent le sang qu'il a versé?
Etait-ce du remord la salutaire atteinte?
Ou du sang répandu cet effroi, cette crainte?
Oh non ! mais dans ces jours de carnage et d'horreur,
Dans l'homme ivre de sang Dieu jette la terreur,
Et permet qu'indécis sur sa faible victime,
Son trop criminel bras, en commettant le crime,
Tremble; mais rarement un changement subit
S'opéra dans un cœur par l'Eternel maudit;
Car jamais sur ce crime à l'homme si funeste,
Le ciel répandit-il une flamme céleste?
Non, il est un degré de forfaits odieux,
Dont le repentir seul ne put fléchir les cieux;
C'est du sang innocent, cette tache livide,
Qui, sur un front infâme, indiqua l'homicide,
Et qui frappée au sceau, dans son coupable sein,
De l'homme vertueux distingua l'assassin.
C'est devant ce sénat, tribunal sanguinaire,
Cloaque des forfaits, au pouvoir arbitraire !

Qu'arrive lentement ce débile vieillard ;
Mais à peine à la Barre, ô fortuné hasard !
Une ange dans ses bras soudain s'est élancée ;
C'est sa fille, grand Dieu ! mais sa fille éplorée
Qui se traîne aux genoux de ces fiers scélérats,
Et pour sauver son père, avec ses faibles bras,
Veut en vain détourner l'effort de la tempête
Qui semble avec fureur éclater sur sa tête.
« Arrêtez ! c'est mon père ! ah ! suspendez vos coups,
« Mon père est innocent ! Sa fille à vos genoux
« Pour racheter sa vie est la seule coupable !
« Frappez ! mais épargnez sa tête vénérable !
« Epargnez à sa vue un horrible attentat,
« Ou si le sort le veut, qu'un double assassinat,
« L'un sur l'autre expirant, et sous la même tombe,
« Renferme pour toujours sa fille qui succombe,
« Tout sera consommé ! Que le nom de Sombreuil
« Repose enseveli dans le même cercueil !
— Ses sanglots et ses pleurs couvrant son beau visage,
— Allaient de ses bourreaux suspendre le carnage,
— Et sur son front peut-être, un nouvel incarnat
Allait, la joie au cœur, reprendre son éclat ;
Quand une voix, ô Dieu, l'avez-vous entendue ?
C'est l'infernal Maillard qui demande qu'on tue,
Qu'on égorge, et qu'un fer acéré dans le flanc
De l'aristocratie, en épuise le sang !

Et qui d'un œil féroce admirant sa victime,

Veut célébrer ce jour mais par un autre crime

Jusqu'alors inconnu dans ces jours d'un long deuil.

« Prends, dit-il à l'enfant de l'illustre Sombreuil,

« Prends, te dis-je, et remplis d'un noble sang ce verre?

« Bois-le sans hésiter… tu sauveras ton père !

Et cet illustre fille à l'amour éprouvé,

Boit la coupe de sang, et son père est sauvé *.

---

* **M.** de Sombreuil ne put échapper pour long-temps à la fureur des assassins. Peu de temps après il porta sa tête à l'échafaud. Voyez l'éloquant et touchant tableau qu'à fait **M. J.** Janin, d'un si beau dévouement.

FIN.

SAINT-DENIS. — IMPRIMERIE DE PREVOT.

www.ingramcontent.com/pod-product-compliance
Ingram Content Group UK Ltd.
Pitfield, Milton Keynes, MK11 3LW, UK
UKHW020129080726
13614UKWH00005B/2132